Paris

s. d.

Jourdain, Charles-Marie-Gabriel Brechillet,

Doutes sur l'authenticité de quelques écrits contre la cour de Rome attribués à Robert Grosse-Tête

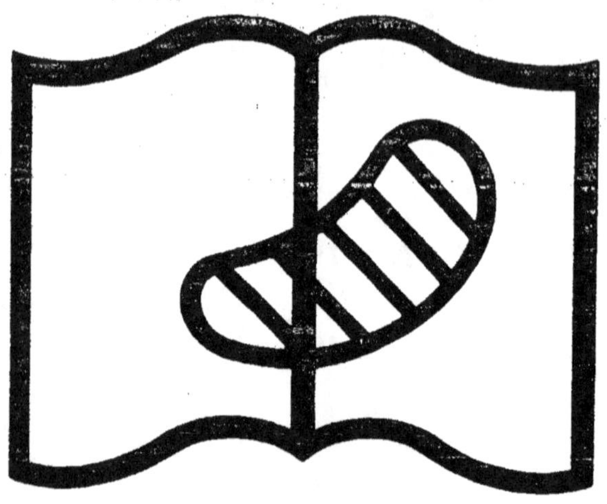

**Symbole applicable
pour tout, ou partie
des documents microfilmés**

Original illisible

NF Z 43-120-10

DOUTES SUR L'AUTHENTICITÉ

DE

QUELQUES ÉCRITS CONTRE LA COUR DE ROME

ATTRIBUÉS A

ROBERT GROSSE-TÊTE

Évêque de Lincoln,

Extrait du Bulletin de l'Académie des Inscriptions et Belles-Lettres.

De l'aveu de tous les historiens, Robert, surnommé Grosse-Tête, qui fut évêque de Lincoln de 1235 à 1253, occupe un rang élevé dans l'histoire littéraire du moyen-âge, comme l'un des prélats les plus instruits que l'Église d'Angleterre ait eus à sa tête durant la première moitié du treizième siècle. Il paraît avoir étudié et même enseigné à Paris [1]; il enseigna certainement à Oxford; et la faveur dont il ne cessa d'entourer par la suite l'Université naissante de cette ville ne contribua pas médiocrement à sa prospérité. Il ne possédait pas seulement des connaissances théologiques, telles que les suppose l'éminente fonction dont il fut investi : doué de cette curiosité active qui est la mère des sciences, il s'était appliqué avec ardeur à étendre le cercle de son érudition. Il avait appris le grec et l'hébreu, et savait en philosophie et en mathématiques tout ce qu'on pouvait savoir de son temps. On lui doit une version latine de la Morale à Nicomaque, faite sur le texte grec, et une traduction du Testament des douze patriarches, à laquelle un moine de Saint-Albans travailla par ses ordres. Outre un grand nombre d'opuscules sur différents sujets, il a laissé des commentaires sur la logique et la physique d'Aristote, et des traités du comput et de la sphère. Roger Bacon, si sévère pour beaucoup de ses contemporains, ne parle de l'évêque Lincoln qu'avec respect, et même avec admiration. Il vante à la fois sa profonde connaissance des langues et son habileté comme mathématicien. Il le place, à côté d'Adam de Marisco, parmi les hommes de génie qui, à l'aide des mathématiques, ont su pénétrer les causes des phénomènes naturels,

[1] Du Boulay, *Hist. univ. Paris*, t. III, p. 260 et p. 709; *Hist. littéraire de la France*, t. XVIII, p. 437 et s.

et exposer d'une manière satisfaisante les sciences divines et profanes (1).

Cette grande figure méritait assurément une étude approfondie. Ce n'est pas l'objet que nous nous proposons quant à présent. Nous ne voulons considérer ici ni l'interprète des textes grecs et hébreux, ni le commentateur d'Aristote, ni le maître et le protecteur de l'Université d'Oxford, mais seulement le théologien et l'évêque. Nous n'avons même pas l'intention d'étudier complétement à ce point de vue la vie de Robert Grosse-Tête. Nous nous bornerons à discuter la valeur des documents et des témoignages d'après lesquels l'attitude du docte prélat vis-à-vis des ordres monastiques et de la papauté a été appréciée jusqu'à ce jour par la grande majorité des historiens.

Selon l'opinion la plus commune, l'évêque de Lincoln, prélat de mœurs pures et d'une piété exemplaire, se montra, dans le cours de son épiscopat, l'ennemi des moines et le censeur audacieux, sinon l'adversaire déclaré des papes. Son austérité ne se consolait pas du relâchement de la discipline ecclésiastique. Convaincu que l'ignorance et les désordres des clercs étaient le plus grand péril qui pût menacer la société chrétienne, il dénonça, il poursuivit les abus avec une indomptable énergie. Il ne se contenta point de remédier, selon ses forces, aux misères morales qu'il avait sous les yeux, il en fit remonter la responsabilité jusqu'au Saint-Siége, il les imputa, dans le langage le plus acrimonieux, aux empiétements de la cour de Rome sur l'autorité des évêques, aux exemptions dont elle était prodigue en faveur des monastères, aux déplorables choix de pasteurs incapables ou indignes qu'elle chargeait arbitrairement du soin des paroisses, quelquefois par négligence, plus souvent par népotisme ou par cupidité.

Telle est l'idée que les historiens en général donnent du caractère, des sentiments et des actes de Robert de Lincoln. Nous ne parlons pas seulement des écrivains protestants, tels que Brown (2), Oudin (3), Wharton (4), Cave (5) et Tanner (6), qui n'ont pas manqué d'enrôler Robert sous leur bannière, en l'exaltant avec affectation comme l'un des précurseurs de Wiclef et de Luther. Rinaldi (7) lui-même conteste à peine les procédés de l'évêque de Lincoln à l'égard du Saint-Siége, ses remontrances impérieuses et ses allures indociles. Fleury avoue que le zèle du prélat était amer et ses discours sans modération (8).

(1) *Opus majus*, p. IV, dist. 4, s. 3 : « Episcopus Robertus Lincolniensis, et Frater Adam de Marisco… per potestatem mathematicæ solverunt causas omnium explicare et tam humana quam divina sufficienter exponere. » *Opus tertium*, dans l'édition donnée par M. Brewer, Londres, 1859, in-8°, p. 33 : « Solus unus scivit scientias, ut Lincolniensis episcopus. » *Compendium studii philosophiæ*, ibid. p. 472 : « Solus dominus Robertus, propter longitudinem vitæ et vias mirabiles quibus usus est, præ aliis hominibus scivit scientias. »

(2) *Appendix ad fasciculum rerum expetendarum et fugiendarum ab Orthuino Gratio editum*, etc. Londini 1690, in fol., p. 244 et s.

(3) *Commentarius de scriptoribus ecclesiæ*, Lipsiæ, 1722, in-fol., t. III, col. 486 et s.

(4) *Anglia Sacra*, t. II, p. 341, et s.

(5) *Scriptorum ecclesiasticorum historia*, Oxonii, 1743, t. II, p. 295.

(6) *Bibliotheca Britannico-hibernica*.

(7) *Annales ecclesiastici*, ad ann. 1253, 3 kalm, p. 487.

(8) *Histoire ecclésiastique*, liv. LXXXII, ch. 53.

Ces jugements, qu'on peut qualifier d'unanimes, sont adoptés par les écrivains récents. On les retrouve à la fois dans l'*Histoire littéraire de la France* sous la plume de M. Daunou, et chez le Dr Lingard. Que cette appréciation du caractère de Robert de Lincoln ait un fonds de vérité, nous ne le contestons pas; car on ne saurait nier que le pieux et savant évêque ne se soit montré l'énergique défenseur de la discipline ecclésiastique et l'infatigable adversaire des abus. Mais nous croyons en même temps que l'importance de ses démêlés avec Rome a été fort exagérée, et que ses sentiments véritables ont été méconnus, parce qu'on en a jugé d'après des documents qui ne sont pas authentiques, et d'après des témoignages qui ne sont pas irrécusables. C'est le point que nous allons essayer de démontrer.

Les jugements dont la conduite de Robert Grosse-Tête a été jusqu'ici l'objet reposent sur les fondements que voici : 1° un mémoire qu'il aurait remis au pape Innocent IV en 1250, et qui aurait été lu par ordre du pape en présence des cardinaux; 2° une lettre adressée en 1253 au même pontife; 3° une autre lettre de la même époque à la noblesse d'Angleterre et aux bourgeois de Londres (1); 4° le témoignage de Mathieu Paris et des chroniqueurs qui l'ont suivi.

Dans le mémoire qu'on prétend avoir été remis à Innocent IV, la situation de l'Eglise est dépeinte sous les plus sombres couleurs. L'auteur déclare en gémissant que la science, la foi et la piété sont éteintes dans le clergé; que presque partout la passion du lucre, la gourmandise et la luxure ont remplacé les vertus sacerdotales; que la maison de prière a été changée en une caverne de voleurs; que la plupart des pasteurs ne craignent pas de spolier la veuve et l'orphelin; qu'ils sont voleurs, adultères, incestueux. Et quelle est la source première d'aussi grands désordres? Selon le rigide écrivain, il ne faut pas chercher cette source ailleurs que dans la connivence de la cour de Rome, qui non-seulement n'a pas su prévenir le mal, mais qui n'a cessé de l'encourager par de mauvaises pratiques, telles que la collation directe des bénéfices à des sujets ignorants ou vicieux; telles que les exemptions trop multipliées qui en affranchissant les couvents de la surveillance des évêques, assurent au clergé régulier une liberté dont celui-ci abuse; telles que les appels et recours qui compromettent l'autorité épiscopale, et énervent les jugements émanés d'elle; telles enfin que ces formules despotiques par lesquelles le pape régnant prétend imposer sa propre volonté, nonobstant toute règle et tout privilége consacrés par une décision de ses prédécesseurs.

La lettre au pape Innocent IV, que la renommée attribue, comme le mémoire précédent, à Robert Grosse-Tête, renferme l'expression des mêmes griefs énoncés en moins de mots, mais dans des termes presque identiques, de sorte que les deux documents sont, à n'en pouvoir douter,

(1) De ces trois opuscules les deux premiers ont été publiés par Edward Brown, *Appendix ad fasciculum*, etc., p. 250 et p. 400 et s. Le second fait partie de la Grande Chronique de Mathieu Paris, et se retrouve dans toutes les éditions de cette chronique. Il a été réimprimé par Du Boulay, dans son *Histoire de l'Université de Paris*, t. III, p. 260 et s., et par M. Luard dans l'édition récente qu'il a donnée des lettres de Robert Grosse-Tête, Londres, 1861, in-8°, p. 432. Le troisième opuscule que nous avons signalé, la lettre à la noblesse d'Angleterre, a été mis au jour pour la première fois, à notre connaissance, dans cette même édition.

l'œuvre de la même plume. Toutefois, dans ce nouvel écrit, l'auteur ne sait plus contenir les sentiments d'indignation et de colère qui l'oppressent; peu s'en faut qu'il ne compare le pape à l'Antéchrist, et il se déclare prêt à lui résister. « J'obéis avec respect, dit-il, aux commandements apostoliques.... Mais nul commandement ne saurait être qualifié d'apostolique, s'il n'est conforme à la doctrine de Jésus-Christ et des apôtres... Après le péché de Lucifer, continue-t-il, il n'y en a point de plus grand que celui qui consiste à perdre les âmes, en les frustrant du service que nous leur devons en qualité de pasteurs, et en ne songeant qu'à pressurer le troupeau pour en tirer des commodités temporelles.... Le Saint-Siége qui a reçu la pleine puissance de Jésus-Christ, uniquement pour l'édification, n'a pas le pouvoir de rien ordonner ni de rien faire par lui-même, qui tende à favoriser un péché aussi abominable et aussi pernicieux pour le genre humain; dans ce cas, en effet, il abuserait manifestement de son autorité; il s'éloignerait du trône de Jésus-Christ pour aller s'asseoir en enfer dans la chaire de pestilence. Quiconque a voué au Saint-Siége une obéissance pure et sincère, quiconque n'est point séparé du corps de Jésus-Christ par le schisme doit se refuser à de tels commandements... C'est pourquoi je déclare que, loin d'y obtempérer, j'y fais résistance et opposition. »

Le troisième document que nous avons mentionné, la lettre aux barons et aux bourgeois, contient de nouvelles et amères plaintes soit contre les taxes qui sont levées sur l'Eglise d'Angleterre, et qui, au mépris de ses antiques libertés, la réduisent à l'état de tributaire, soit contre l'intrusion dans les bénéfices de sujets étrangers, accourus de contrées lointaines, qui ne connaissent pas leur troupeau, qui ne comprennent pas la langue du pays, qui négligent le soin des âmes, qui s'approprient les revenus affectés à des œuvres pies ou au soulagement des pauvres. L'auteur interpelle le peuple et les grands, et les somme de déclarer s'il convient que l'Angleterre soit tondue comme un agneau, et soumise au joug comme un bœuf; que des étrangers et des oisifs récoltent ce qu'elle a semé, et qu'ils dévorent sa propre substance. Il invoque l'appui du pouvoir séculier, et conjure ce pouvoir de s'armer et d'agir avec vigueur, afin de déjouer les desseins des hommes pervers qui ont jeté sur les Eglises du Royaume-uni un œil de convoitise.

Nous devons ajouter que, dans un grand nombre de manuscrits appartenant aux bibliothèques d'Oxford et de Cambridge, les trois documents que nous venons d'analyser portent le nom de Robert Grosse-Tête.

Les inductions qui semblent pouvoir être tirées de là, relativement à la conduite et aux opinions de l'évêque de Lincoln, sont corroborées par le témoignage de Mathieu Paris et de plusieurs chroniqueurs. Mathieu Paris ne mentionne ni le mémoire au pape, ni la lettre aux barons d'Angleterre; mais il attribue très-expressément à Robert la lettre si vive adressée à Innocent IV. Il assure qu'elle fut écrite sous l'impression d'un bref venu de Rome et contenant des ordres que le prélat jugeait injustes et contraires à la raison (4). La tradition porte qu'il s'agissait d'un canonicat dont le pape, de sa propre autorité, aurait disposé en faveur de son

____

(4) *Historia major*, de. Wats, Londini, 1640, in fol., p. 870 : « Cum. dominus papa Innocentius IV significasset per apostolica scripta præcipiendo episcopo Lincolniensi Roberto, quatenus quiddam faceret quod ei videbatur injustum et rationi dissonum, prout frequenter fecerat illi et aliis Angliæ prælatis, rescripsit ei in hæc verba... »

neveu, Frédéric de Lavania (1). S'il faut en croire la suite du récit de Mathieu Paris, la conduite de Robert dans cette affaire aurait excité au plus haut point l'indignation d'Innocent IV, qui, laissant un libre cours à son mécontentement, aurait témoigné l'intention de sévir contre le prélat récalcitrant, et ne se serait abstenu que sur les instances des cardinaux. Dans un autre passage de l'*Historia major*, où sont racontés les derniers moments de Robert Grosse-Tête, le chroniqueur nous le représente exhalant une plainte et une protestation suprême contre les empiétements de la cour de Rome, contre les pasteurs qui trahissent leurs troupeaux et contre les religieux, notamment contre les Dominicains et les Franciscains qui se rendent les complices de pareils crimes (2).

L'abrégé de la Grande Chronique de Mathieu Paris, qui est généralement connu sous le nom d'*Historia minor*, relate les mêmes faits, à peu près dans les mêmes termes. Il ne manque au récit, sous cette forme nouvelle, que les dernières paroles de Robert Grosse-Tête à son lit de mort (3).

C'est un témoignage considérable sans doute que celui d'un chroniqueur contemporain des faits qu'il raconte, comme l'était Mathieu Paris. Cependant l'autorité historique du célèbre annaliste anglais n'est pas à l'abri de tout reproche. Non-seulement il se montre en toute circonstance animé contre le Saint-Siége d'un esprit de dénigrement et de haine, qui fait suspecter sa bonne foi et sa véracité ; mais on n'est pas entièrement fixé sur la part qui lui revient à dater de l'année 1252 dans l'ouvrage qui porte son nom. On sait qu'il n'a pas mis la dernière main à cette partie de l'*Historia major* et que des plumes étrangères ont travaillé à la compléter en même temps qu'à la continuer. Il se pourrait donc que les passages relatifs à Robert Grosse-Tête eussent été incomplétement rédigés par Mathieu Paris, d'après des documents qu'il n'avait pas vérifiés, ou même que ces passages eussent été, après coup, insérés dans le texte par la main d'un continuateur.

Quant aux manuscrits dans lesquels les trois documents que nous avons mentionnés sont attribués à l'évêque de Lincoln, nous nous bornerons à de courtes observations. Ces manuscrits ne nous sont personnellement connus que par les catalogues où ils sont indiqués, et par quelques descriptions qui en ont été données ; mais la connaissance que nous en avons, tout indirecte et tout incomplète qu'elle est, nous suffit pour affirmer que les attributions qu'elles présentent sont équivoques, contradictoires, et qu'elles méritent peu de créance.

Ainsi n'est-il pas remarquable que la prétendue lettre de Robert de Lin-

______

(1) Le bref que le pape aurait donné à ce sujet a été publié par Brown, *Appendix*, p. 399, et par M. Luard, dans une note qui accompagne la lettre de Robert à Innocent IV. Cf. *Annales de Burton*, dans le recueil intitulé : *Annales monastici*, également publié par M. Luard, Londres, 1864, in-8°, p. 314 ; Henri de Knygton, *De eventibus Angliæ*, dans le recueil de Twysden, *Historiæ Anglicanæ scriptores*, Londini, 1652, in-fol., t. II, col. 2436.

(2) *Historia major*, p. 872, 874.

(3) La dernière partie de l'*Historia minor*, celle qui nous intéresse le plus, n'a pas encore vu le jour ; mais nous avons dû à l'obligeance de notre savant et vénéré confrère, M. NATALIS DE WAILLY, la communication d'une copie très-exacte du manuscrit autographe de cet ouvrage que possède le *British Museum*.

coln à Innocent IV contre les empiétements de la cour de Rome ne se retrouve pas dans les manuscrits les plus anciens qui contiennent les lettres de ce prélat; que dans quelques-unes elle figure sur un feuillet séparé ou sur une page laissée en blanc; que, dans ce cas, elle soit écrite d'une autre main que le reste du manuscrit, comme une pièce ajoutée après coup? Je m'en réfère sur tous ces points à la notice qui accompagne la belle édition de la correspondance de Robert de Lincoln que M. Luard a donnée, il y a quelques années, dans le Recueil des documents relatifs à l'histoire de la Grande-Bretagne durant le moyen-âge (1). J'ajoute que, dans un autre manuscrit, la lettre au pape Innocent IV se trouve confondue avec celles d'Adam de Marisco, sous le nom duquel M. Brewer l'a publiée sans la reconnaître (2) : erreur d'autant plus excusable que, dans le manuscrit, elle ne portait aucune suscription. Ailleurs, la suscription est évidemment altérée. Elle se lit ainsi qu'il suit dans le texte publié par M. Luard : «Robertus Lincolniensis episcopus magistro Innocentio, domino papæ, salutem et benedictionem. » Jamais les évêques, s'adressant au pape, se sont-ils servis d'expressions semblables? Le pape n'est pas seulement un maître, *magister*; c'est un père; il envoie sa bénédiction aux fidèles, ses enfants; il ne la reçoit pas d'eux. Le corps de la pièce renferme, au reste, des expressions qui ne répondent pas à la suscription. On croirait que l'auteur l'écrit au souverain pontife; et néanmoins, quand il est sur le point de conclure il s'adresse à ceux qu'il appelle ses vénérés seigneurs. « C'est pourquoi, dit-il, vénérés seigneurs, *reverendi domini*, en vertu du devoir d'obéissance et de fidélité qui m'attache au Saint-Siège apostolique, etc. » La contradiction que présentent ces leçons, évidemment fautives, est levée, il est vrai, par d'autres manuscrits dans lesquels la lettre dont il s'agit est adressée, non pas au pape, mais à l'archidiacre de Cantorbéry et au scribe du pape, maître Innocent; *Cantuariensi archidiacono et magistro Innocentio, domini papæ scriptori* (3); ce qui explique l'expression *Discretio vestra*, et jusqu'à un certain point celle de *reverendi domini*, quoiqu'il semble étrange qu'un évêque qualifie de « *nos seigneurs vénérés* » un archidiacre et un scribe. Mais, dans ce cas, la suscription donnée par le manuscrit est en opposition avec le texte de l'*Historia major* et de l'*Historia minor* où il est dit expressément que la lettre contre les abus de la cour de Rome fut adressée au pape lui-même : « Quum dominus papa Innocentius IV significasset per apostolica scripta, præcipiendo episcopo Lincolniensi Roberto quatenus quiddam faceret quod ei videbatur injustum et rationi absonum, rescripsit ei in hæc verba, » dit l'*Historia major*; « rescripsit eidem papæ Innocentio episcopus prædictus, » répète avec plus de précision l'*Historia minor*.

Nous ne prétendons pas attacher aux circonstances qui viennent d'être relevées plus d'importance qu'elles n'en ont; et quels que soient les doutes sérieux qu'elles suggèrent sur l'authenticité des écrits attribués à Robert Grosse-Tête, nous nous serions gardé d'insister, si le caractère apocryphe de ces écrits ne résultait pas pour nous d'un témoignage que nous mettons bien au-dessus et de celui des chroniqueurs, et des présomptions que peut fournir l'examen des manuscrits; nous voulons dire le témoignage

---

(1) *Roberti Grosse-Teste episcopi quondam Lincolniensis epistolæ.* Edited by Henry Richards Luard. London, 1861, in-8°.

(2) *Adæ de Marisco epistolæ*, epist. ccxvi, dans le précieux recueil intitulé : *Monumenta Franciscana*, Londres, 1858, in-8°, p. 382 et s.

(3) Brown, *Appendix*, etc., p. 400.

de Robert de Lincoln lui-même : non que nous ayons à produire dans ce débat aucun document inédit d'où il résulterait que le pieux évêque eût désavoué la conduite qu'on lui prête et les libelles qui ont circulé sous son nom ; mais entre sa correspondance authentique et ses lettres prétendues, entre les opinions qu'il a toujours professées et celles qu'on lui suppose, il y a de telles différences, un contraste si tranché, qu'on ne peut s'empêcher de reconnaître que les traits de cette austère et sainte physionomie ont été gravement altérés par l'esprit de parti.

Nous possédons le recueil des lettres de Robert Grosse-Tête ; il se compose de cent-vingt-six lettres dont l'authenticité n'est pas contestable. La plus grande partie a été insérée par Edward Brown dans l'appendice qu'il a joint à la compilation de l'allemand Graes, intitulée : *Fasciculus rerum expetendarum et fugiendarum*. Le recueil complet a été tout récemment publié, comme nous l'avons dit plus haut, par M. Luard, d'après d'anciens manuscrits des bibliothèques d'Oxford et de Cambridge.

Le premier éditeur, Edward Brown, était un curé anglican, très-attaché à sa foi religieuse et par conséquent adversaire exalté des papes et des ordres monastiques. Il éprouva une joie naïve à s'appuyer sur le témoignage de Robert Grosse-Tête contre la cour de Rome et à ranger le pieux évêque parmi les défenseurs de ce qu'il regardait lui-même comme la vérité. Cependant il ne pouvait lui échapper qu'en maint passage ce prétendu précurseur de la réforme exprimait des sentiments fort contraires à ceux de Luther ; aussi cherche-t-il à l'excuser, imputant ses erreurs à la barbarie du temps, et même à la falsification de ses écrits par la main des moines. Nous n'avons pas les mêmes motifs que Brown de nous faire à nous-même illusion ; et, étranger à l'esprit de secte qui l'animait, nous pouvons mieux apprécier que lui les sentiments intimes de l'évêque de Lincoln.

Quelle est, par exemple, l'opinion du savant prélat sur l'étendue des droits de la puissance spirituelle ? Il est facile de s'en rendre compte en se reportant au passage suivant, extrait d'une lettre écrite à un officier du roi Henri III, Guillaume de Raleigh :

« Que nul, écrit-il (1), que nul ne commette la faute de croire que les princes séculiers puissent rien statuer, observer ou faire observer aucune loi, qui soit contraire à la loi divine et à la constitution de l'Eglise, sans par là même se séparer du corps de Jésus-Christ et de l'Eglise, sans s'exposer au feu éternel et au renversement de leur puissance. Les prin-

(1) *Epist.* XXIII, p. 90 et s. : « Nec se decipiat quisquam credendo quod principes seculi possint aliquid statuere et quasi legem observare vel observari facere, quod obviet legi divinæ, seu constitutioni ecclesiasticæ, nisi in divisionem sui ab unitate corporis Christi et ecclesiæ, et perpetuam adjectionem igni gehennæ, et justam subversionem suæ præposituræ. Principes enim seculi quidquid habent potestatis a Deo ordinatæ et dignitatis recipiunt ab ecclesia ; principes vero ecclesiæ nihil potestatis aut dignitatis ecclesiasticæ recipiunt ab aliqua seculari protestate, sed immediate a Dei ordinatione... Debent principes seculi nosse quod uterque gladius, tam materialis videlicet quam spiritalis, gladius est Petri ; sed spiritali gladio utuntur principes ecclesiæ qui vicem Petri, et locum Petri tenent per semetipsos ; materiali autem gladio utuntur principes ecclesiæ per manum et ministerium principum secularium, qui ad nutum et dispositionem principum ecclesiæ, gladium quom portant debent evaginare et in locum suum remittere. »

ces du siècle tiennent, selon l'ordre de Dieu, leur puissance et leur dignité de l'Eglise, les princes de l'Eglise tiennent l'autorité qu'ils exercent non pas des princes de la terre, mais immédiatement de Dieu. » Et plus loin : « Les princes du siècle doivent savoir que l'un et l'autre glaive, le glaive matériel et le glaive spirituel, est le glaive de Pierre. Les princes de l'Eglise qui tiennent la place de Pierre et qui le représentent se servent du glaive spirituel par eux-mêmes, et du glaive matériel par les mains et le ministère des princes séculiers, qui doivent tirer le glaive qu'ils portent et le remettre dans le fourreau sur le signe et par l'ordre des princes de l'Eglise. »

C'est par un sentiment d'inébranlable fidélité à ces maximes que Robert de Lincoln est, à plusieurs reprises, entré en lutte avec le roi d'Angleterre. Tantôt on le voit soutenir contre les légistes de la couronne les droits des enfants nés hors mariage, mais légitimés par un mariage subséquent, et qu'une jurisprudence trop sévère, opposée à la loi canonique et à la loi naturelle, considérait comme des bâtards (1). Tantôt il écarte des fonctions sacerdotales les candidats, recommandés par le roi, qui ne remplissent pas les conditions d'âge et de savoir exigées par les lois de l'Eglise (2). Il maintient de tout son pouvoir la liberté des élections ecclésiastiques, et il conjure l'archevêque de Cantorbéry de ne rien négliger pour la défense d'un droit aussi précieux, que menacent l'intrigue, la violence et la captation (3). Il interdit aux prêtres de son diocèse, en fussent-ils requis par un ordre du prince, d'exercer les fonctions de justicier que l'Eglise a déclarées incompatibles avec le caractère sacré de ses ministres. Il leur interdit de même, et il refuse personnellement de répondre à aucune citation devant des juges séculiers, n'admettant pas que le magistrat civil ait juridiction sur la personne des clercs (4). Il n'ignore pas au reste à quels dangers il s'expose par une telle conduite : et il laisse entendre, avec une simplicité touchante, qu'il aimerait mieux ne pas avoir à les affronter. Mais il songe à son salut éternel, et cette pensée le rend invincible ; car il aime mieux, dit-il, tomber entre les mains des hommes auxquelles on peut échapper avec la grâce de Dieu, qu'entre les mains du Dieu vivant, auxquelles nul ne saurait se soustraire (5).

(1) *Epist.* xiii, p. 77 : « Hæc lex qua proles, nata ante matrimonium subsequens, post contractum matrimonium velut illegitima exhæredatur, lex est iniqua et injusta, juri naturali et divino, canonico quoque et civili contraria. »

(2) *Epist.* xvii, p. 63 : « W. de Grana hac ratione sola ad curam pastoralem non admittimus, quod ipse est minoris ætatis et literaturæ minus sufficientis, puer videlicet adhuc ad Ovidium epistolarum palmam porrigens ; quali non possemus curam pastoralem committere nisi transgrediendo regulas sacræ paginæ et reverendas sanctorum patrum constitutiones. »

(3) *Epist.* lxxxiii, p. 264 et 265 : « Fama volitante per omnium ora, declamatur quod in electionibus faciendis jam incepit morbus gravis terroris, minarum et precum armatarum et seducentium blanditiarum, fortiter invalescere... »

(4) *Epist.* xxvii, p. 406 ; xxviii, p. 408 ; lxxii, p. 205, et s.

(5) *Epist.* xxvi, p. 404 et 405 : « Si secundum præscriptam formam domino regi rescribam, timeo incidere in manus Dei viventis : si vero secundum præscriptam formam denegem me rescripturum, difficilis vide-

En se portant le défenseur énergique, et quelquefois hautain, des immunités et des lois de l'Eglise contre le pouvoir royal, Robert Grosse-Tête se soumet humblement à l'autorité du Saint-Siége. Partout, dans sa correspondance, il témoigne la déférence la plus respectueuse pour le souverain Pontife. Il y représente la papauté comme la lumière des peuples chrétiens, comme la maîtresse des Eglises, comme le fondement sur lequel repose le monde. Il se déclare, quant à lui, fermement résolu à la servir et à lui obéir.

» De même que dans l'ordre visible, dit-il (1), le soleil dissipe les ténèbres du monde par l'éclat de sa lumière, et, selon l'opinion des sages du siècle, règle et tempère par son mouvement le mouvement des autres corps naturels, de même, dans l'ordre ecclésiastique, le souverain Pontife, qui en est le soleil, dissipe, par la lumière excellente de la doctrine et des bonnes œuvres, les ténèbres de l'erreur, répand la connaissance de la vérité, et par ses décrets ordonne, règle et gouverne les mouvements de l'Eglise universelle. Et de même que, selon la science profane, après le créateur et les célestes intelligences qui sont ses ministres, le monde doit sa stabilité, sa beauté et l'ordre de ses parties au soleil visible et aux pôles de l'univers ; de même, selon ceux qui possèdent la science des choses d'en haut, après le Créateur et le Rédempteur du monde, environné de la cour céleste que forment autour de lui les anges et les saints, la stabilité, la beauté et l'ordre de l'Eglise dépendent de son soleil et de ses pôles, je veux dire du souverain pontife et de ses cardinaux : d'où il suit que tous les enfants de l'Eglise doivent à l'Eglise romaine obéissance, respect, amour fervent, crainte et soumission ; et ces devoirs enchaînent chacun d'eux d'autant plus étroitement, qu'il occupe un rang plus haut dans la hiérarchie...... Moi donc qui, malgré mon indignité, me suis vu appelé aux fonctions de l'épiscopal, je me considère comme attaché au Saint-Siége par des liens d'autant plus étroits de sujétion et d'obéissance, je reconnais ma dette envers l'Eglise romaine pour d'autant plus grande, que ma charge est plus élevée. »

Telle est la profession de foi de Robert Grosse-Tête ; elle est franche,

tur evasio, quin incidam in manus hominum.... Confidenter incidendum est potius in manus hominum, de quibus Deus potest eripere, quam in manus Dei, de quibus non est qui possit eruere. »

(1) *Epist.* xxvi, p. 126 : « Quemadmodum, ut sentiunt hujus seculi exquisitores prudentiæ et intelligentiæ, mundi status, decor et ordo, post mundi conditorem angelicosque spiritus ad conditoris nutum administratorios, debent se soli visibili mundique cardinibus ; sic, ut veraciter sentiunt qui quæ sursum sunt sapiunt, post mundi conditorem et redemptorem, curiamque cœlestem ex spiritibus beatis angelorum et sanctorum adunatam ; status, decor et ordo universalis ecclesiæ debet se suo soli, suisque cardinibus, hoc est summo pontifici sibique assistentibus cardinalibus ; ideoque sanctæ romanæ ecclesiæ debetur ab universis ecclesiæ filiis devotissima obedientia, honoratissima reverentia, ferventissimus amor, subjectissimus timor ; et hæc et his similia ab eis debentur obligatius et fortius qui per sublimitatem gradus ecclesiastici fastigio ecclesiæ, id est summo pontifici et cardinalibus, adhærent proximius.... Quia igitur et ego, licet indignus, in dignitatis episcopalis gradum sim sublimatus, fateor me tanto arctius et obligatius subjectionis et obedientiæ summo pontifici sanctæque ecclesiæ romanæ constitutum debitorem, quo gradum adeptus sum altiorem. »

elle est simple ; elle ne tend pas à établir entre les bulles apostoliques des distinctions captieuses qui autorisent la désobéissance et la rébellion.

Dans son dévouement au Saint-Siége, l'évêque de Lincoln était résigné d'avance à tous les sacrifices d'argent et autres que, par le malheur du temps, la cour de Rome se trouvait réduite à réclamer. En 1245, le pape Innocent IV avait en Angleterre un légat, nommé maître Martin, qui cherchait depuis deux ans à recueillir des subsides pour le Saint-Siége, engagé dans une lutte formidable avec l'empereur d'Allemagne Frédéric II. Le roi Henri III qui avait lui-même besoin d'argent craignait d'appauvrir son royaume ; exaspéré par les instances d'Innocent, il alla jusqu'à interdire provisoirement au clergé d'Angleterre de payer aucune taxe au légat (1). Il est vrai qu'il revint bientôt sur cette décision rigoureuse et accorda au pape la levée des six mille marcs que celui-ci réclamait. Quelle fut dans ces conjonctures l'attitude de Robert Grosse-Tête ? Se prononça-t-il contre l'avidité des Italiens, contre les extorsions de la cour de Rome, ainsi qu'on pourrait le supposer d'après le caractère et les sentiments que la tradition lui prête ? Figura-t-il même à côté de ces prélats, faibles et indécis, que Mathieu Paris et d'autres historiens nous montrent remplis d'angoisses, incertains s'ils obéiront au Pontife ou au prince ? Nullement. Son attitude, son langage furent bien autrement tranchés ; il prit la défense du pape, et ne craignit pas d'adresser au roi la lettre suivante qui nous a été heureusement conservée (2).

(1) Mathieu Paris, *Hist. major*, p. 707. 716 ; *Hist. minor*, fol. 440 r° 2.

(2) *Epist.* cxix, p. 340 et suiv. « Scripsit nobis reverenda dominatio vestra vos mirari non modicum et moveri super eo, quod tallagium de viris religiosis et clericis assidere et colligere ad opus domini papæ proponimus per nos ipsos. Noverit itaque vestræ sinceritatis discretio, quod nos nihil in hac parte per nos ipsos facimus, hoc est, nostra auctoritate, vel soli, cum venerabiles patres coepiscopi nostri id idem faciant, vel jam effectui mancipaverint, secundum formam a magistro Martino, domini papæ nuncio, dum adhuc in his partibus moram traheret, eisdem traditam : quos similiter ut nos ad id compellit summi pontificis auctoritas et præceptum, cui non obedire quasi peccatum est ariolandi et quasi scelus idololatriæ non adquiescere. Non igitur est admiratione dignum, quod coepiscopi nostri et nos in hac parte facimus ; sed admiratione multa et indignatione quam plurima esset dignissimum, si etiam non rogati vel jussi aliquid hujus modi vel etiam majus non faceremus. Videmus enim patrem nostrum et matrem spiritales quibus incomparabiliter plus quam carnalibus tenemur ad honorem, obedientiam, reverentiam, et in suis necessitatibus omnimodam subventionem, exilio relegatos, persecutionibus et tribulationibus undique coangustatos, patrimonio suo spoliatos, de propria, unde, ut decet, sustententur, non habentes. Si igitur eis in tali statu existentibus non subveniamus, certum est quod mandatum domini de honorando parentes transgredimur ; nec super terram longævi erimus, nec in filiis jocundabimur, nec in die orationis nostræ exaudiemur ; timoremque Domini abjiciemus, et benedictionem ipsius nolumus, domosque filiorum infirmamus, nobis ipsis dedecori sumus, famam malam et maledictionem super nos accumulamus, sicut ex scripturæ testimoniis evidenter perpendere possumus. Non igitur regia clementia. quæ thronum firmat regium. inhibebit aut impediet filios

« Votre Seigneurie nous a écrit qu'elle s'était étonnée et émue, que nous eussions formé le projet d'imposer aux religieux et aux autres membres du clergé de notre diocèse une taxe pour le service du Pape. Votre Seigneurie sait qu'en cela nous n'avons point agi de notre propre autorité, et que nous n'avons pas été les seuls à donner un tel exemple, mais que nos vénérables frères dans l'épiscopat ont tenu la même conduite que nous, selon l'invitation qu'ils avaient reçue du légat du saint Père, maître Martin. Nous nous sommes les uns et les autres conformés aux ordres du souverain Pontife, envers lequel la désobéissance est un péché de magie, et la rébellion un crime d'idolâtrie. Une pareille détermination de notre part n'a rien qui puisse étonner ; mais ce qui devrait surprendre au plus haut degré, ou pour mieux dire exciter une indignation profonde, ce serait que, même en l'absence de toute recommandation, nous eussions procédé autrement que nous ne l'avons fait. À l'égard de notre père et de notre mère spirituels, nous sommes tenus à plus de respect, à plus d'obéissance, à plus d'égards qu'envers nos parents charnels ; c'est un devoir pour nous de subvenir à leurs nécessités. Or nous les voyons exilés, persécutés, en butte à mille tribulations, dépouillés de leur patrimoine, ne possédant plus de quoi pourvoir par eux-mêmes à leur propre subsistance. Quand ils se trouvent réduits à une aussi déplorable condition, si nous ne leur venions pas en aide, nous violerions la loi de Dieu qui nous commande d'honorer nos parents : nous n'aurions pas à espérer de longs jours sur cette terre ; nous ne serions pas réjouis dans nos enfants, et nos prières ne seraient pas exaucées ; nous repousserions loin de nous la crainte du Seigneur, et nous renoncerions volontairement à ses grâces : nous ébranlerions les maisons de nos fils, en attirant sur nous-mêmes la honte, l'opprobre et la malédiction, ainsi que chacun peut s'en convaincre par le témoignage des saintes Écritures. C'est pourquoi la clémence du roi, laquelle est le fondement de son trône, n'entravera pas et ne retiendra pas les enfants qui veulent honorer leur père ; mais bientôt, comme il convient à la magnanimité et à la majesté royale, elle approuvera leur dessein ; elle l'encouragera et le secondera. Que votre Seigneurie en soit bien persuadée : ceux qui lui donnent d'autres conseils, n'ont pas de souci de son honneur. »

Nous sommes loin, il faut en convenir, du ton amer et violent, des invectives outrageantes contre la cupidité italienne, que les historiens mettent dans la bouche de Robert Grosse-Tête et qui caractérisent quelques-uns de ses écrits supposés. L'évêque de Lincoln, dit Mathieu Paris (1), se montra ouvertement le censeur du pape, *domini papæ redargutor manifestus*, le contempteur et le marteau de Rome, *Romanorum malleus et contemptor*, et, tout au contraire, quand le fidèle prélat prend la plume, il n'exprime à l'égard de la papauté que les sentiments du fils le plus soumis et du champion le plus dévoué.

Il est vrai que Robert Grosse-Tête ne s'est pas toujours trouvé d'accord avec les légats du Saint-Siége en Angleterre, et que plus d'une fois

patrem et matrem honorare volentes, sed magis hoc eorum propositum, ut regiam decet magnificentiam et magnanimitatem, laudabit, juvabit et promovebit usque ad consummationem. Sciat quoque pro certo vestra dominatio, quod quicumque vobis in hac parte aliud consulunt, honori regio non prospiciunt... »

(1) *Hist. major*, p. 876

il est resté sourd aux recommandations qui lui étaient faites en leur nom, comme il restait sourd aux recommandations du roi lui-même. Mais les refus qu'il oppose à des demandes inconsidérées ne trahissent aucun sentiment acrimonieux, aucune velléité de résistance haineuse et schismatique. Bien plus, il répudie nettement toute pensée de ce genre: il désavoue toute expression qui aurait paru blessante à ceux dont il a repoussé les sollicitations indiscrètes (1). Ainsi le cardinal et légat Othon avait, sans en prévenir Robert, disposé d'une prébende de l'Eglise de Lincoln, en faveur d'un clerc attaché à son service, maître Acton. Robert insista pour que cette nomination fût rapportée; mais en quels termes réclame-t-il? En reconnaissant que le pape a le droit de disposer de tous les bénéfices ecclésiastiques (2). Il constate seulement que l'exercice arbitraire de ce droit, sans l'avis préalable des évêques, avilit l'autorité épiscopale, expose à faire de mauvais choix, et engendre des scandales. Peu de temps après, le cardinal Othon eut à pourvoir un autre clerc maître Thomas, fils du comte de Ferrara. Cette fois, il n'osa point nommer directement son candidat, et il se contenta de le recommander à l'évêque de Lincoln. Comme le candidat était jeune et sans instruction, le prélat, cédant à des scrupules de conscience, ne put se résoudre à lui confier une cure ; mais il délégua ses pouvoirs au cardinal, et le laissa maître d'agir à son gré, en émettant l'avis qu'il serait opportun d'adjoindre un vicaire à maître Thomas, si celui-ci était nommé, et que néanmoins mieux vaudrait encore le décharger de toute fonction active, et lui laisser seulement une part dans les revenus de la paroisse, qui serait alors pour lui une sorte de bénéfice sans charge d'âmes (3).

Les faits qui précèdent démontrent que la papauté n'eut pas un adversaire, ni même un censeur rude et acerbe en la personne de Robert Grosse-Tête, mais plutôt un ami fidèle et un serviteur. Elle reconnut elle-même la déférence et le dévouement du prélat, en lui donnant les marques de bienveillance les moins équivoques. Ainsi, dans ses fréquents démêlés avec son clergé, son chapitre et les diocèses voisins, presque toujours il eut gain de cause en cour de Rome (4). Mathieu Paris prétend qu'il acheta ses succès à prix d'argent (5); nous aimons mieux croire qu'il les dut à son bon droit et à sa bonne renommée. Même en cette matière, alors si délicate, de la collation des bénéfices, il éprouva la satisfaction de voir les maximes qu'il avait constamment défendues

(1) *Epist.* LXI, p. 187 : « Avertat a nobis Dominus ut quenquam, nedum vestram Sanctitatem nobis perpetuo carissimam malignitatis alicujus aculeo attemptemus contingere. »

(2) *Epist.* XLIX, p. 145 : « Scio et veraciter scio, domini papæ et sanctæ romanæ ecclesiæ hanc esse potestatem, ut de omnibus beneficiis ecclesiasticis libere possit ordinare. »

(3) *Epist.* LII, p. 151 et s. Cf. *Epist.* LXV, p. 194.

(4) Mathieu Paris cite plusieurs brefs du Saint-Siége, tous favorables à Robert Grosse-Tête, savoir: un bref du 23 août 1243 contre l'abbaye de Cantorbéry; — un autre du 25 août 1245 contre le chapitre de l'évêché de Lincoln; — un troisième, du 17 mai 1250, qui dessaisissait d'une partie de leurs revenus les religieux du diocèse ; — un dernier enfin du 25 septembre 1252, permettant à Robert d'établir des vicariats.

(5) Ad. ann. 1245, p. 688 : « Post multos labores et pecuniarum inæstimabilium effusiones. » — Ad ann. 1250, p. 772 : « Non sine maximæ pecuniæ effusione. »

triompher enfin des hésitations du Saint-Siége. Innocent IV en effet, au mois de mai 1252, promulgua une bulle par laquelle il convenait des mauvais choix arrachés à la cour de Rome par la brigue et les sollicitations, et restituait à l'autorité diocésaine et aux abbés des monastères le droit de pourvoir aux bénéfices ecclésiastiques, nonobstant toutes provisions accordées par le saint Père ou par ses légats (1). Cette bulle était un remède officiel, et, pourvu qu'elle fût suivie, efficace, aux abus contre lesquels Robert Grosse-Tête s'était élevé avec autant de fermeté que de modération. Elle rendait superflue toute protestation nouvelle, et dès lors elle achève d'enlever toute vraisemblance à l'acte d'énergique opposition qui aurait, dit-on, terminé la carrière de l'évêque de Lincoln. On pourrait objecter, en s'appuyant sur un passage des *Annales de Burton* (2), que la bulle d'Innocent IV relative aux bénéfices ecclésiastiques n'appartient pas à l'année 1252, mais au mois de novembre 1253; qu'ainsi elle n'a pas précédé la réclamation suprême de l'évêque de Lincoln; que loin de là, elle a été la réponse du pape à cette réclamation. Mais, outre que le témoignage anonyme de l'annaliste de Burton ne saurait infirmer l'indication si précise donnée par Mathieu Paris, les *Additamenta* qui complètent *Historia major* comprennent deux bulles d'Innocent IV touchant la collation des bénéfices (3) : l'une est en effet datée de Latran, le troisième jour des nones de novembre de la onzième année du pontificat d'Innocent (ce qui correspond au 3 novembre 1253), mais l'autre est datée de Pérouse le dixième jour des calendes de juin, neuvième année du pontificat; ce qui nous reporte au 23 mai 1252. Mathieu Paris, en deux passages différents, se réfère tour-à-tour à l'une et à l'autre bulle; et il est si loin de considérer la plus récente comme une concession du Saint-Siége aux acerbes remontrances de Robert Grosse-Tête, qu'il nous montre, dès le paragraphe suivant, Innocent IV aveuglé par la colère, s'acharnant contre la dépouille du vénérable évêque de Lincoln, lequel lui apparaît en songe, lui reproche sa coupable conduite, et le laisse tout meurtri d'un coup de crosse au côté droit (4). Quant à cette dernière partie du récit, elle appartient au domaine de la légende, et nullement au domaine de l'histoire. Si elle prouve quelque chose, ce sont les sentiments personnels, les préventions et la crédulité de l'historien.

Nous venons de voir, d'après la correspondance de Robert Grosse-Tête, quels étaient ses sentiments et quelle fut sa conduite à l'égard du Saint-Siége. Il nous reste à toucher quelques mots de ses rapports avec les ordres religieux.

(1) Mathieu Paris, ad ann. 1252, *Hist. major*, p. 846; *Hist. minor*, fol. 153 v° 2 : « Tempore sub eodem concessit dominus papa iis qui dignitatibus gaudebant, et supra modum in partibus maxime transalpinis opprimebantur, ut rite de ipsis dignitatibus ipsi ad quos pertinebat electio, Deum habentes præ oculis ordinarent. »

(2) *Annales de Burton*, p. 314 : « Eodem tempore (ad ann. 1253) acceptis prædictis literis domini episcopi Lincolniæ et eisdem lectis et intellectis summus pontifex archiepiscopis, episcopis et quibusdam abbatibus regni Angliæ xxx paria literarum vel amplius bullata sub hac forma transmisit... » Suit une bulle datée de Latran, iii non. de novembre, xi° année du pontificat d'Innocent IV.

(3) Pag. 184 et 191. Wats a interverti l'ordre de ces deux bulles. Il n'est pas inutile de faire remarquer que le texte de la bulle de 1252 est très-certainement mutilé.

(4) Ad ann. 1254, p. 883.

Il était pour son propre compte rigide observateur des lois canoniques, et il n'en tolérait pas la violation chez les autres. Il a dû par conséquent se montrer impitoyable contre le relâchement et l'ignorance qui régnaient dans les vieux monastères. Sous ce rapport, sa conduite justifie pleinement les rancunes de Mathieu Paris qui ne lui pardonne pas d'avoir rendu la vie très-dure aux religieux. Cependant il n'était pas, comme on l'a prétendu, l'ennemi des moines, et nul au contraire n'attachait plus de prix aux services que les communautés monastiques peuvent rendre à l'Eglise, quand elles ne s'écartent pas de l'esprit de leur fondateur. A la voix de saint Dominique et de saint François d'Assise, les premières années du treizième siècle avaient vu s'élever deux ordres nouveaux, dont l'ardente charité contrastait avec l'indolence et les vices de beaucoup d'autres ordres anciennement fondés. Robert Grosse-Tête prononce rarement le nom des Dominicains et des Franciscains, sans rendre hommage à leurs lumières, à leurs vertus, à leur dévouement. C'est dans les rangs de ces deux congrégations qu'il aimait à choisir ses coopérateurs et ses conseillers les plus intimes. Il existe plusieurs lettres de lui, adressées aux supérieurs, et par lesquelles il demande que quelques frères soient délégués près de lui pour l'assister dans le gouvernement de son diocèse (1). Il les veut surtout versés dans la connaissance du droit civil et du droit canon, afin qu'il puisse prendre confidentiellement leur avis dans les cas litigieux, rendus de jour en jour plus fréquents par la mobilité des lois et par la contrariété des jugements (2). Il n'approuvait pas les prélats qui redoutaient de voir les couvents se multiplier et se faire concurrence les uns aux autres. Telle était l'appréhension de l'évêque de Coventry et de Lichfield, Alexandre de Stavensby, qui, voyant les Franciscains à la veille de s'établir dans la ville de Chester, où les Dominicains avaient déjà un couvent, fit le plus mauvais accueil aux nouveaux venus. Robert Grosse-Tête se mit en devoir de rassurer et même de tancer vertement le prélat trop craintif :

« Votre Seigneurie, lui écrit-il (3), sait combien la présence des Frères

(1) *Epist.* xiv, xv, xx, xxxi, xl, xli. p. 59, 61, 71, 117, 131, 133.

(2) *Epist.* xv, p. 61 : « Addentes aliquem tertium de fratribus vestris, qui in juris civilis et canonici peritia fuerit probatus et exercitatus, cujus possum sano et incorrupto uti secretius consilio, in tot dubiis casibus incessanter emergentibus, et in tanta jurisperitorum hominum secularium nutante et incerta varietate. »

(3) *Epist.* xxxiv, p. 121 : « Scit vestra discretio quam utilis est populo, cum quo habitant, Fratrum Minorum præsentia et cohabitatio, cum tam verbo prædicationis quam exemplo sanctæ cœlestisque conversationis et devotione jugis orationis continue et indefesse portent pacem et patriam illuminent, suppleantque in hac parte, pro magna parte, defectum prælatorum. Si autem forte timuistis ad horam quod Fratrum minorum apud Cestriam præsentia Fratribus Prædicatoribus ibidem degentibus obesset, quasi utrisque non foret sufficiens ad victum civium populique eleemosyna : advertat diligentius vestra discretio quam vana fuerit hujus timoris solicitudo, cum experientia compertum sit, quod utrorumque fratrum in eadem civitate cohabitatio neutris vergat in egestatem, sed utrisque in abundantiam. Eleemosyna enim est sicut fons vivus qui tanto copiosius fundit aquas, quanto uberius hauriuntur..... Cum igitur in vobis semper abundaverit et abundet veri boni fervidus amor, speramus quod, perhibita deliberatione, dictos fratres non solum non te-

mineurs dans une localité est utile aux habitants. Leur prédication, l'exemple de leurs vertus, leurs prières sont une source de paix et de lumières : les évêques trouvent en eux des auxiliaires qui en grande partie les suppléent. Vous avez craint que l'arrivée des Frères Mineurs dans la ville de Chester ne nuisît aux Frères Prêcheurs, déjà établis dans cette ville, comme si les aumônes des habitants ne suffisaient pas à l'entretien de l'une et de l'autre communauté. Mais veuillez considérer combien cette appréhension est vaine, l'expérience démontrant que la présence simultanée de deux familles religieuses dans les mêmes lieux, est pour toutes deux une cause de richesse et non d'indigence. L'aumône est comme une source vive qui répand ses eaux avec d'autant plus d'abondance qu'on y puise plus largement..... Connaissant donc le fervent amour qui vous anime pour le bien, nous avons l'espoir qu'après y avoir réfléchi non-seulement vous ne repousserez pas les Frères Mineurs, mais que vous les appellerez à vous et vous les adjoindrez comme auxiliaires. »

On peut juger, par les indications qui précèdent, que la physionomie de Robert Grosse-Tête, telle qu'elle ressort de l'étude de sa correspondance, n'est nullement celle que la tradition lui attribue. Si les lettres que nous avons citées sont authentiques, et leur authenticité n'est pas contestable, il est manifeste que les documents sur lesquels la tradition repose sont apocryphes; que les récits, en apparence inattaquables, qu'elle a recueillis et consacrés, sont mensongers. Vainement on croirait tout concilier en alléguant que les hommes changent, que l'évêque de Lincoln a changé comme tant d'autres, et que, sur la fin de ses jours, après avoir longtemps défendu le Saint-Siége, poussé à bout par les empiétements et les extorsions de la cour de Rome, il s'est retourné contre elle et a donné un libre essor aux sentiments qu'il avait contenus jusqu'alors. Quelle que soit la mobilité des opinions humaines, de tels changements ne se supposent pas; il faut, pour y croire, que la critique en trouve quelques traces dans le témoignage des contemporains. Or, nous ne lisons nulle part que Robert Grosse-Tête ait jamais varié de sentiments et d'attitude; qu'il ait figuré tour-à-tour dans des camps opposés, et que les impatiences et les colères de sa vieillesse aient démenti les convictions de toute sa vie.

Comment expliquer maintenant que Mathieu Paris, un contemporain de Robert Grosse-Tête, ait donné place dans son histoire à des faits controuvés, relatifs à un prélat qu'il avait connu, et dont il ne pouvait ignorer ni les sentiments, ni les actes? Quelles que soient les préventions de l'historien, quelque partialité haineuse qu'il témoigne contre la cour de Rome, il est difficile de penser que, fût-ce pour nuire au pape, il eût osé mentir de propos délibéré et propager impudemment des fables dont il aurait été le premier auteur. Dirons-nous que ces fables sont des interpolations qui datent de là fin du treizième siècle et qui sont l'œuvre des continuateurs de Mathieu Paris? Cette conjecture n'aurait rien d'improbable si le *British Museum* ne possédait pas un exemplaire de l'*Historia minor*, écrit de la main même de l'auteur, et dans lequel sont reproduits, à peu près textuellement, la plupart des récits de l'*Historia major*. Mais l'existence même de cet exemplaire autographe ne suffit-elle pas pour écarter tout soupçon d'interpolation? Remarquons cependant que la partie de l'ouvrage que Mathieu Paris passe pour avoir lui-même transcrite s'arrête à l'année 1252, et qu'à dater du commencement de 1253 une autre

pellet vestræ sanctitatis discretio, sed desideranter sibi adsciscet in adjutorium..... »

main paraît avoir tenu la plume ; de sorte que cette dernière partie, qui contient précisément les passages relatifs à Robert de Lincoln, n'a pas la même autorité que les précédentes. Remarquons aussi que la violente diatribe contre la cour de Rome, que l'*Historia major* attribue à Robert de Lincoln mourant, ne se retrouve pas dans l'*Historia minor*, soit que dans l'*Historia major* elle ait été ajoutée au texte original par l'infidélité de quelque copiste, soit que Mathieu Paris, après l'avoir admise d'abord, l'ait ensuite rejetée lui-même comme apocryphe. Quoi qu'il en soit, quand nous considérons les faits controuvés relatifs à Robert Grosse-Tête que retrace l'*Historia major* et même l'*Historia minor*, ce qui nous paraît le plus probable, c'est que le moine de Saint-Albans, implacable adversaire de la papauté, toujours prêt, en dépit de l'habit qu'il portait, à dénoncer la tyrannie et les abus de la cour de Rome, se sera rendu, sans le vouloir, le complice d'une fraude ; c'est que, abusé par d'injustes préventions, il aura trop légèrement accueilli des anecdotes suspectes qui flattaient ses rancunes, et des documents supposés que les ennemis du Saint-Siége faisaient courir sous le nom de l'évêque de Lincoln.

Dans plusieurs manuscrits sans doute, aussi bien que dans l'*Historia major*, la lettre au pape Innocent IV est attribuée à Robert Grosse-Tête : mais nous ne croyons pas être accusé de témérité, en conjecturant que le copiste, sinon le rédacteur lui-même, de cette pièce apocryphe, l'aura placée sous un nom vénéré pour donner plus d'autorité aux plaintes qu'elle exprime. Nous en dirons autant du prétendu mémoire adressé au souverain Pontife en 1250, et de la lettre écrite à la noblesse d'Angleterre et aux bourgeois de Londres. On sait que ces fausses attributions n'étaient pas rares au moyen-âge : elles avaient lieu d'autant plus facilement qu'elles s'adressaient à des esprits crédules, et échappaient au contrôle de ceux qui auraient pu les rectifier. Une fois en circulation, elles acquéraient peu à peu la valeur d'une tradition à peine contestable. C'est ainsi, à notre avis, que les vertus épiscopales de l'évêque de Lincoln ont servi de thème à des récits sans vérité et à des lettres supposées, dans lesquelles la noble fermeté du prélat se trouve transformée en une résistance ouverte et presque factieuse au Saint-Siége. De là est née une tradition fausse qui date du moyen-âge, que les disciples de Wiclef ont dû recueillir et propager, et dont l'expression la plus complète fut au seizième siècle un poëme sur Robert Grosse-Tête qui a été publié par Wharton. Au reste, il n'est pas facile en général de remonter à la source des erreurs historiques les mieux démontrées, ni de découvrir où elles ont pris naissance et comment elles se sont répandues. Un point demeure constant, c'est que les écrits contre la cour de Rome, attribués à Robert Grosse-Tête, aussi bien que les faits correspondants racontés dans l'*Historia major* et dans l'*Historia minor* sont en contradiction manifeste avec les opinions qui se font jour à chaque page de la correspondance authentique de l'évêque de Lincoln. La critique est donc en droit de rejeter ces écrits comme apocryphes, ces faits comme controuvés, dût l'autorité historique des deux ouvrages de Mathieu Paris en souffrir quelque peu. Tel était le seul point que nous nous fussions proposé d'établir dans les pages qui précèdent.

Paris. — Imp. de E. Donnaud, rue Cassette, 1.

9 782019 306526